靈歌 著

靈歌截句

截句詩系 04

25

臺灣詩學 25 週年　一路吹鼓吹

攝影：靈歌

【總序】
與時俱進·和弦共振
──臺灣詩學季刊社成立25周年

蕭蕭

　　華文新詩創業一百年（1917-2017），臺灣詩學季刊社參與其中最新最近的二十五年（1992-2017），這二十五年正是書寫工具由硬筆書寫全面轉為鍵盤敲打，傳播工具由紙本轉為電子媒體的時代，3C產品日新月異，推陳出新，心、口、手之間的距離可能省略或跳過其中一小節，傳布的速度快捷，細緻的程度則減弱許多。有趣的是，本社有兩位同仁分別從創作與研究追蹤這個時期的寫作遺跡，其一白靈（莊祖煌，1951-）出版了兩冊詩集《五行詩及其手稿》（秀威資訊，2010）、《詩二十首及其檔案》（秀威資訊，

靈歌截句

2013），以自己的詩作增刪見證了這種從手稿到檔案的書寫變遷。其二解昆樺（1977-）則從《葉維廉〔三十年詩〕手稿中詩語濾淨美學》（2014）、《追和與延異：楊牧〈形影神〉手稿與陶淵明〈形影神〉間互文詩學研究》（2015）到《臺灣現代詩手稿學研究方法論建構》（2016）的三個研究計畫，試圖為這一代詩人留存的（可能也是最後的）手稿，建立詩學體系。換言之，臺灣詩學季刊社從創立到2017的這二十五年，適逢華文新詩結束象徵主義、現代主義、超現實主義的流派爭辯之後，在後現代與後殖民的夾縫中掙扎、在手寫與電腦輸出的激盪間擺盪，詩社發展的歷史軌跡與時代脈動息息關扣。

　　臺灣詩學季刊社最早發行的詩雜誌稱為《臺灣詩學季刊》，從1992年12月到2002年12月的整十年期間，發行四十期（主編分別為：白靈、蕭蕭，各五年），前兩期以「大陸的臺灣詩學」為專題，探討中國學者對臺灣詩作的隔閡與誤讀，尋求不同地區對華文新詩的可能溝通渠道，從此每期都擬設不同的專題，收集

專文，呈現各方相異的意見，藉以存異求同，即使
2003年以後改版為《臺灣詩學學刊》（主編分別為：
鄭慧如、唐捐、方群，各五年）亦然。即使是2003年
蘇紹連所闢設的「臺灣詩學・吹鼓吹詩論壇」網站
（http://www.taiwanpoetry.com/phpbb3/），在2005年
9月同時擇優發行紙本雜誌《臺灣詩學・吹鼓吹詩論
壇》（主要負責人是蘇紹連、葉子鳥、陳政彥、Rose
Sky），仍然以計畫編輯、規畫專題為編輯方針，如
語言混搭、詩與歌、小詩、無意象派、截句、論詩
詩、論述詩等，其目的不在引領詩壇風騷，而是在嘗
試拓寬新詩寫作的可能航向，識與不識、贊同與不贊
同，都可以藉由此一平臺發抒見聞。臺灣詩學季刊社
二十五年來的三份雜誌，先是《臺灣詩學季刊》、後
為《臺灣詩學學刊》、旁出《臺灣詩學・吹鼓吹詩論
壇》，雖性質微異，但開啟話頭的功能，一直是臺灣
詩壇受矚目的對象，論如此，詩如此，活動亦如此。

　　臺灣詩壇出版的詩刊，通常採綜合式編輯，以詩
作發表為其大宗，評論與訊息為輔，臺灣詩學季刊社

靈歌截句

則發行評論與創作分行的兩種雜誌，一是單純論文規格的學術型雜誌《臺灣詩學學刊》（前身為《臺灣詩學季刊》），一年二期，是目前非學術機構（大學之外）出版而能通過THCI期刊審核的詩學雜誌，全誌只刊登匿名審核通過之論，感謝臺灣社會養得起這本純論文詩學雜誌；另一是網路發表與紙本出版二路並行的《臺灣詩學‧吹鼓吹詩論壇》，就外觀上看，此誌與一般詩刊無異，但紙本與網路結合的路線，詩作與現實結合的號召力，突發奇想卻又能引起話題議論的專題構想，卻已走出臺灣詩刊特立獨行之道。

臺灣詩學季刊社這種二路並行的做法，其實也表現在日常舉辦的詩活動上，近十年來，對於創立已六十周年、五十周年的「創世紀詩社」、「笠詩社」適時舉辦慶祝活動，肯定詩社長年的努力與貢獻；對於八十歲、九十歲高壽的詩人，邀集大學高校召開學術研討會，出版研究專書，肯定他們在詩藝上的成就。林于弘、楊宗翰、解昆樺、李翠瑛等同仁在此著力尤深。臺灣詩學季刊社另一個努力的方向則是獎掖

青年學子，具體作為可以分為五個面向，一是籌設網
站，廣開言路，設計各種不同類型的創作區塊，滿足
年輕心靈的創造需求；二是設立創作與評論競賽獎
金，年年輪項頒贈；三是與秀威出版社合作，自2009
年開始編輯「吹鼓吹詩人叢書」出版，平均一年出版
四冊，九年來已出版三十六冊年輕人的詩集；四是興
辦「吹鼓吹詩雅集」，號召年輕人寫詩、評詩，相互
鼓舞、相互刺激，北部、中部、南部逐步進行；五是
結合年輕詩社如「野薑花」，共同舉辦詩展、詩演、
詩劇、詩舞等活動，引起社會文青注視。蘇紹連、白
靈、葉子鳥、李桂媚、靈歌、葉莎，在這方面費心出
力，貢獻良多。

　　臺灣詩學季刊社最初籌組時僅有八位同仁，
二十五年來徵召志同道合的朋友、研究有成的學者、國
外詩歌同好，目前已有三十六位同仁。近年來由白靈協
同其他友社推展小詩運動，頗有小成，2017年則以「截
句」為主軸，鼓吹四行以內小詩，年底將有十幾位同仁
（向明、蕭蕭、白靈、靈歌、葉莎、尹玲、黃里、方

群、王羅蜜多、雲朵、阿海、周忍星、卡夫）出版《截句》專集，並從「facebook詩論壇」網站裡成千上萬的截句中選出《臺灣詩學截句選》，邀請卡夫從不同的角度撰寫《截句選讀》；另由李瑞騰主持規畫詩評論及史料整理，發行專書，蘇紹連則一秉初衷，主編「吹鼓吹詩人叢書」四冊（周忍星：《洞穴裡的小獸》、柯彥瑩：《記得我曾經存在過》、連展毅：《幽默笑話集》、諾爾‧若爾：《半空的椅子》），持續鼓勵後進。累計今年同仁作品出版的冊數，呼應著詩社成立的年數，是的，我們一直在新詩的路上。

　　檢討這二十五年來的努力，臺灣詩學季刊社同仁入社後變動極少，大多數一直堅持在新詩這條路上「與時俱進‧和弦共振」，那弦，彈奏著永恆的詩歌。未來，我們將擴大力量，聯合新加坡、泰國、馬來西亞、菲律賓、越南、緬甸、汶萊、大陸華文新詩界，為華文新詩第二個一百年投入更多的心血。

2017年8月寫於臺北市

【自序】

　　這是我第四本詩集，希望語言、手法、內涵都能與上一本有所不同。

　　這本截句詩集，是詩人白靈老師推動的「截句詩運動」，從原詩中截取四行內的句子，可以整段截也可跳行截，並冠上新詩題或原詩題，成為全新完整的一首詩。另外也納入四行內的小詩，讓初學現代詩，喜歡現代詩的朋友們，容易接觸和進入，讓極少眾的現代詩，拓寬讀者群，能普遍進入社會人心。

　　全書只分二輯，輯一《原詩截句》，輯二《小詩截句》。

　　《原詩截句》是自原詩中截取四個句子，成為獨立的一首詩，詩題不同於原詩，並與原詩並呈，讓讀者方便對照，比較出截句詩與原詩不同的旨趣。原詩

刊登處並標明於後。

　　《小詩截句》，精選自己這三年來較滿意的四行內小詩結集，大部分為素樸的語言，探究人生總總與究竟，不將答案明白，留下餘韻，讓讀者擁有自己解讀的空間。多重解讀是我追求的目標，詩總要多面向，才有讀詩的韻味與快樂。此輯開始的九首詩，我寫了自解，其實，詩不應該自解，那會限縮讀者的想像，所以選了九首，已是個位數的最大值，以散文式的筆法，與讀者溝通，讀者可以比較自己讀詩所感。另外收入二首組詩，每一則都在四行內，一個詩題，可以延伸出這麼多則完全不同的小詩，希望在截句詩集的總題限縮下，增加這本詩集的多樣與可讀性。

　　打開首頁，讓這些遙遠又貼近的星星文字，燦爛您寬闊的銀河視野。

目　次

輯一｜原詩截句

輯二 小詩截句

靈歌截句

攝影：靈歌

原詩截句

攝影：靈歌

回春

當一切回到以前
枯葉蝶參禪，竹節蟲入定
我卻撩撥春天
讓爬牆玫瑰一路刺青

躑躅

著裝之前，粉飾忐忑心情
輾碎回程的票根

重返妳的簷下，擺滿花果
無法忍住讓自己肥沃

【〈回春〉〈躑躅〉原詩】
以前

當一切回到以前

枯葉蝶參禪

竹節蟲入定

我卻撩撥春天

讓爬牆玫瑰一路刺青

回到以前之前

推開一扇扇虛掩的門

翅膀集結烏雲

每一座牆回擊尖銳音

著裝之前，粉飾怘忑心情
每一輛列車
輾碎回程的票根
重返妳的簷下，擺滿花果
無法忍住讓自己肥沃

所有的以前，靜默著春雷
茶樹焚過的灰燼
閉關泥中，等著三月的味蕾
重新回魂

後前

離開以後或許開始砌牆
一塊塊凹洞傷疤的火山石
將以前挖空，變輕
易於轉身而不再回頭

【〈後前〉原詩】

以後

離開以後或許開始砌牆

那些石塊堆疊，彷彿玉米咬合

每一顆，飽滿又飢餓

像甦醒的火山，爆發累積的能量

溢流是潑出的熱湯

將彼此燙傷後冷卻

一塊塊凹洞傷疤的火山石

將以前挖空，變輕

易於轉身而不再回頭

明天是列隊歡送的白樺樹

高瘦的身影虛弱著移植不合的水土

陌生的坍陷即將扭痛你的腳踝

讓你記住來去旅程的艱難

所有過度的描繪只是空白的反面

光終究得穿透你

繼續清除前方大霧

你只能拉長以前，縮短以後

如果你不再回頭

就沒有黑夜之前的霞光

空喚你昔日的小名然後

讓漫山空谷斷續迴響

自在

學習風，學習水
你可以無所不從

【〈自在〉原詩】
風水

沒有誰像風

穿梭荊棘　　尖石

裂開的岩壁

與不見底的黑

或者水

流動而沒有間隙

都來去自如

都破碎而完整

你聽到的哭聲

來自靜夜的憐憫

開始學習風，學習水
你可以無所不從

刊登《創世紀》191期

開始學習風，學習水
你可以無所不從

刊登《創世紀》191期

命運交響曲

像降落中的飛機，故障的起落架是中風的指揮棒
上一個高音還在上空盤旋
跑道上已擠滿消防車的破音
俯衝只為了，失憶成錯亂的順序而炸開

【〈命運交響曲〉原詩】
折了

這麼短

其實是斷了水的筆

卡住的鍵盤

像一臺老琴

失憶黑白落下的順序

像降落中的飛機

故障的起落架是中風的指揮棒

上一個高音還在上空盤旋

跑道上已擠滿消防車的破音

空氣被撕裂

托住機翼的氣流一截截破碎

抵達像一首未完成的詩

寫不出墨水也按不下鍵

俯衝只為了

失憶成錯亂的順序

而炸開

刊登《創世紀》191期

送別

送妳到這裡，將所有光芒調暗
街角是我的界線，妳的寬廣

我一個人回頭
將以前，擁抱成以後

【〈送別〉原詩】
轉角以後

送妳到這裡

將所有光芒

調暗，不讓影子隨妳轉彎

街角是我的界線

妳的寬廣

我一個人回頭

將以前，擁抱成以後

點亮長巷月光

風會吹走孤獨

將回憶慢慢翻頁

讓牆頭疏影輕輕朗讀

我不寐的床邊故事

沒有淚，微笑偷偷

掩飾一整夜

刊登《創世紀》189期

回

每座球檯的邊緣，都不是岸
路途在妳手持的球桿頂端
如果我是球，放逐與回歸只得越界
殞落，再置回綠色的檯面，靜靜靠岸

【〈回〉原詩】

來去之間

2.我回來了

每座球檯的邊緣

都不是岸

路途在妳手持的球桿頂端

星星總是一閃即滅的

碰撞

如果我是球

放逐與回歸只得越界

沉落島嶼之間的海溝

被諸神巨大的手拾回

再重新殞落

再置回綠色的檯面

等著生命的尾聲

重新碰撞，清脆的火花或許

只在結局熄燈之後

靜靜靠岸

刊登《創世紀》187期

重圓

我在原地空轉
想把粗糙的磨平

丘陵中的池水，即使碎了
每一片還是明鏡

【〈重圓〉原詩】
擁有

過快的時間
由你矯正

我在原地空轉
想把粗糙的
磨平

丘陵中的池水
即使碎了
每一片還是明鏡

靈歌截句

在快慢中調整

在凹凸中摸索

屬於自己的

每一天

刊登《吹鼓吹詩論壇》28號

已然

我開始落葉

有人清掃，擦拭

彷彿碎了的原初

拼湊沒有明天的今日

【〈已然〉原詩】
反覆的岔路

陪妳一段清晨的鳥鳴

我喚來春天

換妳新芽花開燦爛

太陽不斷地笑，月亮彎下腰

星星合不攏嘴

那是，撕下我日曆的第一頁

再也無法回到最初，水的清澈

我開始落葉

鋪滿傷痕的鏡

鏡中都是污穢

有人清掃，擦拭
讓鏡中反射第三條岔路

彷彿碎了的原初
拼湊沒有明天的今日
我一再穿越，每一條岔路

濃霧的隘口，失樂的渡口，迷宮的入口
我不斷被吞進再吐出
在飢餓與反胃中持續反覆

　　　　　　　刊登《吹鼓吹詩論壇》28號

夜訪

你端坐在東廂的案前，臨著魏碑
臨著，筆鋒是千錘的鋼刀
那卷素宣，是你的
也是我的，袒露的胸膛

【〈夜訪〉原詩】
悲歌

風雨的夜裡

提盞燈籠訪你

天空是潑了墨的

染著烏江項羽的虯髯

在瑟瑟淒風裡飛揚

你端坐在東廂的案前

臨著魏碑

臨著　筆鋒是千錘的鋼刀

那卷素宣

是你的　也是我的

袒露的胸膛

你說──

要龍井呢　抑或烏龍？

頃刻間

一滴英雄淚

和著滾燙的濃茶飲下

離去時

你的歌聲在風雨中澎湃

「怒髮衝冠憑欄處……」

霎時

我憶起你剛剛題下的三個大字

1976年刊登《中華文藝月刊》

不滅

搖晃著我內心的
像浪，像深秋
你想像湮滅，卻有沒熄透的火焰
在森林深處燃燒

【〈不滅〉原詩】
火焰的截角

冒出濃煙的灰

壓住又偷偷放手的

一角火苗

將熄，未熄

小至一段枯枝的感情

被雷劈開的樹幹

從身體的另一端

抽出新芽

大至遠走他鄉的不悔

遺棄了島

又收錨啟航

從海上瞭望陸地

自空中俯瞰森林

由小而大，即將

總有鮮明的輪廓

即使烏雲有時

吞下光的截角

搖晃著我內心的火焰

像浪，無法暈船開戰的火砲

像深秋，風猛烈搖落的枯葉

也只是，在森林深處放一把火燃燒

我有自己的坦白

向所有逝去的揭露

像風中飛揚的灰

你想像湮滅

卻有沒熄透的火焰

自摺疊或切斷的截角中

探出頭

刊登《香港聲韻詩刊》31期

大悲

你的影子即將疊上我的
我只能停步，或者後退

空中沒有雲影，海上沒有浪尖

沒有聲音可以，抽搐

【〈大悲〉原詩】
推遲

你的影子
即將疊上我的
我只能停步，或者
後退

分針拉住時針
在你後旋的指尖
將約定倒回

是不是
派遣夢，將我肢解
是不是，影子圍起囚車
將我遣返邊界

退無可退的日子
自地面消失
空中沒有雲影
海上沒有浪尖

我推遲所有的光
埋入地底的暗
沒有聲音可以
抽搐

刊登《野薑花》18期／
入選《2016臺灣詩選》

心的爭執

午後的樹靜讀湖面
微風翻浪，暖化了對壘
只留酸甜參半的小爭執

【〈心的爭執〉原詩】
閒情

相對如今

那些與草地對奕的腳印

至少清醒

風因觀棋噤聲

影子在攻防之間

緩緩推進陽光的佈陣

終於楚河漢界

構築軍事的經緯線

於是易容，策反

擺出空城

復圍以溫柔的殲滅

靈歌截句

午後的樹靜讀湖面的詩
以落葉圈點秋陽的精采
微風翻浪的吟哦，頻頻頷首
彷彿彼此交纏的眼神編織
暖化了對壘
只留酸甜參半的小爭執

陽光斜倚
測不準換日線
候鳥轉換季節
我的秋正打包遠行

妳的雪轉眼即至

讓妳的冰冷成為我的沸騰

　　　刊登人間福報

　入選《2015臺灣詩選》

心境

一團隨興的線，亂進內心
溫暖的重新理順，打理整個冬天
你會發現
深處裡，有我的完整

【〈心境〉原詩】

遠近

一團隨興的線

亂進內心

無須抽絲，剝繭

為遠方模糊的你

織衣，打理整個冬天

如果，你心中的火熾熱

自遠方靠近

照亮我逐漸冷暗的線

溫暖的重新理順

你會發現

深處裡，有我的完整

刊登《創世紀》188期

無法碰觸的昔日

霧隔開我們，隔一條船無岸
有人喊我，全新的名字

無法碰觸，都只剩光影了
我還那麼堅持

【〈無法碰觸的昔日〉原詩】
隔世重返

霧隔開我們

隔一條船無岸

隔我的腳步無法踩實

有人喊我

全新的名字

霧深似夜

我從長眠中醒來

周圍冰冷

已非就寢的昨夜

無法碰觸

都只剩光影了

我還那麼堅持

尋妳的味道返回

下了片的劇場

拆除後的影棚

我的角色早已刪除

而妳掌鏡

劇本抽換成另一則故事

冰天雪地

有獵狗的鼻子追逐

我連光影都不是了

除了尋妳剪輯過的畫面

被丟棄的畫面

狗螺悲鳴中

等著彩蛋預告

重返的下一回

刊登《吹鼓吹詩論壇》26號

陀螺人生

母親右手舉高，甩出
我獨立的人生
在生活的硬地上刻畫
在感情的軟土裡深耕

【〈陀螺人生〉原詩】
陀螺

母親手中的童年

左手緊抱

右掌自襁褓的腳跟

纏繩

每一圈都是愛的餵養

繩索拉拔，長高

身心圓滿

母親右手舉高，甩出

我獨立的人生

在生活的硬地上刻畫

在感情的軟土裡深耕

凹凸的旅程我顛躓

堅持旋轉

拋擲憤怒與哀傷

旋緊純淨的心

深入，也能淺出

洞穿一世混濁

直到力氣用盡

緩緩躺下，靜止

刊登《吹鼓吹詩論壇》26號

取暖

劃一條線，在荒城的白紙上街友
只能原地打轉，轉成圈
因半徑縮小而接近
漸漸感到體溫

【〈取暖〉原詩】
偶遇

劃一條線

在荒城的白紙上街友

失去煞車的方向盤

被霧吞噬的舵

只能原地打轉

轉成圈

因半徑縮小而接近

漸漸感到體溫

原來，剎車在你腳下

舵自妳呼息中吐出

妳是圓心

而我是妳手中收線的半徑

刊登《吹鼓吹詩論壇》22號

空問

昔日傷疤，貼成舊相簿
沒有剪影能豐腴立體，長出骨肉
碎裂的面具
如何讓舞臺燈光修補

【〈空問〉原詩】
待續的虛擬

隔著窗花

浮貼剝離的輪廓

風月淡薄了

時間重複層次

又錯落偏移，失焦

以為折枝三月

卻已滿地落紅

亂了舞姿

昔日傷疤，貼成舊相簿

沒有剪影能豐腴立體，長出骨肉

碎裂的面具
如何讓舞臺燈光修補

妳將我編入舞裡
粗壯我手臂，將妳高舉成
雨後清朗的星月
拋向雲端，落在犁開的軟土
長成一心一葉，一生酸苦

我在簾外
劃一幅人形立軸
動靜嫣然，氣息包裹

妳的眉目嘴角，只能淡墨

掃過流雲彎月，輕點流星

自我破碎的心鏡

散落

刊登《創世紀》189期

公義

如果，黑白經由虛擬

佔領，分配所有

你支付了彩虹

連夢，都無法擁有

【〈公義〉原詩】
無所求

如果

世界要你自口袋

掏出什麼

你付出所有

依然無法自邊界

安然度過

如果

黑白經由虛擬

佔領，分配所有

你支付了彩虹

連夢

都無法擁有

刊登《人間福報》

每一天

沒有聲音

沒有光

沒有人影

那人，走進菜市場

【〈每一天〉原詩】

寂靜穿越喧譁
——如果你是寂靜
　　請穿越我的喧譁

每一秒

吐

吸

凍結或者炸開

自己

每一刻

沒有嘴
沒有眼睛
也沒有耳朵

擁抱一口好深好深的井

每一天

沒有聲音
沒有光
沒有人影

那人，走進菜市場

每一年

時間的針線
縫合365塊破布
那些故意鬆脫的線
讓自己長高，到老

每一生

……
從黑暗的角落出發
持一把火
慢慢燃燒自己

刊登《人間福報》副刊

小詩截句

攝影：靈歌

簡介

只是想轉動一個角度
讓大家平分的光
留給我更小的圓弧

靈歌截句

【自解】

小詩截句第一首以此出場。

總覺得自己不夠藏，雖然也不鋒銳。

影子太長，轉身時踩到。太胖，無法在人群中隱匿，
　　會成為靶，承受過多有形無形的箭。平分之前，
　　朝自己轉動，靠近的角度。

黑暗多了，即使有粉刺，那張臉，半隱半露，神祕而
　　立體。

O

一支箭忘了靶心的飛

【自解】

何時被命運射出，忘了，也無從改變。

目標總是被弓掌控，被握住弓的手，被拉緊的弦鬆
　　動，被睜一隻眼閉一隻眼的人瞄準，算是自己的
　　命運了。

無法掙脫，卻可以忘，忘了靶心，忘了飛翔的過程。
　　忘卻了他人的設定，就能開始為自己活，朝自己
　　的應許之地掉落。

所以，忘了詩題是空心的圓，還是零的圖示，其實沒
　　有了心，什麼都是，也都不是。

取景

面對景，只有景
背對後，色彩漸漸安靜

文字出岫
漸漸浮雲

【自解】

立於山巔，觀景，一山還有一山高，層巒掩紅疊翠。
　　像山下人間，紅男綠女悲歡，總有取與不取的牽
　　扯在生老病死中煩惱。

景物入詩，人生也是，總要轉身背對。色彩喧囂後，
　　漸漸下沉安靜。醞釀，於默然流逝的時光。

下山途中，山景反向層層上推，內心流轉的文字也
　　是。下得山谷仰望，詩已成，一句句浮升，又罩
　　住山頂。

人世間的起落滄桑，也在內心中流轉一遍。

春天

把我僅有的翅膀剪下
貼上你的背
我們都是哭泣的蝴蝶

靈歌截句

【自解】

情詩中蝴蝶的意象，以梁祝的化蝶最為淒美。

春天屬於百花與蜂蝶爭艷，正是人生中最美好的節令。

然而，雙宿雙飛卻僅有一對翅膀，而無人願意獨飛。

　　寧可剪下翅膀貼給對方，二人都無法飛越悵然人間，為自己為對方的真情與命運而哭泣。還有什麼，比這樣的春天更讓人悲傷？

風箏

我不該駐足這裡

影子雜沓，四處攻伐

我必須將自己縮小，再小

讓失去方向的你們抬頭

【自解】

風箏總是在高處被看見，它也看見如影子般混亂與征
　　戰的人間。

被一根細繩纏住，無法避開不看，眼睜睜各種人性的
　　貪婪與血腥，這世界混沌一片。

只能往天空不斷竄高，再高。

終於遠望天邊的光明與祥和。前所未有的高度，擦亮
　　了鬥爭中人們汙黑的心。放下手中的武器，雙眼
　　沿著風箏的視線，連成由小而大的寬闊，終於，
　　被風箏拉起來，找到生命的答案，找到愛。

此後

再也沒有一個人
能將逐漸通透的影子
貼上
你不再通透的人身

靈歌截句

【自解】

一條路，總要走到盡頭，才開始思索，如何穿越，或
　　者回頭。

穿越自己的人，卻無法將自己摸索的經驗，原封不動
　　的傳承下去。

即使連影子都可以修到通透，不染一塵，也沒有辦法。

像佛陀說法，最終會說，這些成佛的方法都不能讓大
　　家依循著修習，因為，每一位眾生都是佛，有屬
　　於自己修習的法門，成佛之路每一位都不相同。

所以，通透是別人的，不再通透是自己的，怎麼貼都
　　不合身。只有自己找到合適的法門，親身苦修，
　　才能擁有，自己的通透。

降

天空，迷路的鴿子
飛下來，立在頂樓俯視
飛下去，在公園覓食

【自解】

訓練有素的鴿子，是不會迷路的。

因為擁有天空的版圖，怎麼飛出去，就怎麼飛回來，
　　這才叫鴿子。

其實，離開再遠，只要保有原初的真心，人也不會
　　迷路。

但是，流浪的路程充滿誘惑，會蒙蔽你的眼，遮住你
　　清亮的心。

花花世界的多彩風景，將你從天空拉下來，你貪戀的
　　立在頂樓，以心眼猛啖色香味。

又不滿足，乾脆捨棄了，自天空下來，更進一步的下
　　去，去到公園裡餵食的手中，撒滿地的食物狂
　　吃。此後，再無須翅膀，也背棄了天空，失去自
　　由，只沉淪於陸地上的誘惑。

發現

行數越壓縮
字更精簡

忘了自己與別人
之間的距離

【自解】

詩是精煉的藝術，所以落筆時應該字字計較，尤其是
　　小詩。

行數壓縮至最少，字數精簡到不行。

但是，你無法要求別人，每個人都有自己的風格，有
　　的長詩氣勢像大江，有的敘事詩奔騰如長河。如
　　果不適合你，怎麼追求都是徒然。寫詩，需要些
　　天分。

小詩與長詩的距離如天壤，緊抱自己的長處，精煉再
　　精煉，直到忘了別人的存在，忘了有形無形的距
　　離，你會走出寬廣的天地。

寫詩如此，做人也一樣。

拱橋

總是牽起兩地的手，填補鴻溝

月光來訪時
冷眼對看自己
靜靜撕開流水的傷口

【自解】

橋，注定是要犧牲的。

斷崖與流水，需要橋。阻隔與陷落，需要橋。人與人
　　之間的隔閡、摩擦、冷漠，也要橋化解。

橋總是立於中間牽手他人，將難以跨越的鴻溝填實補
　　滿，並任由人車踩踏。

等到別人和樂了，相愛了，融合了，橋回到孤獨。

一座半圓形的拱橋，只能在月光露臉流水潺潺時，俯
　　瞰水中的自己。才發現，原來缺失的另一半，沉
　　溺水中，和現實世界的自己緊緊擁抱團圓。平時
　　半圓的傷口，經年累月的流水而去，自己並不覺
　　得痛，為何今夜團圓了，那些睡眠中的苦，竟如
　　此清醒？

有時，為了成全，只有自己傷，傷了，也從來不覺。

堅定的迷惘

風迷失的十字路
雨是曬不乾的陳年舊物

陽光刺眼，爬上受洗的塔尖，一躍而下
是否有一張告解的網，將我的懺悔接住？

詩

詩需要生活的壓力

才能噴泉！

一起喵

將冰冷的日子燒紅，彎曲
便於藏進絨毛的身體

牠是貓，寒夜裡的叫聲
朝春天扣下板機

命定

我退還妳，一身錦鏽
留下補丁

那是我的前世
披上今生

上下

退休的日子，搭上捷運
全世界都起身

只有我
坐下

拼圖

鞭裂的龜甲深入腳掌
不斷打開前方
安居的命題下卦
踩過的都是答案

只是一杯水

我寫下的文字，只是流水的日常
一如門前奉茶，你們喝下的
不過是自己的重量

隔

當我獨行

只需要一雙腳印

連影子

都可以剝離

碎裂的終止

每一個刻度都凝固
當我放手一切又被一切捨棄
指針臨界，我聽到裂解

詩路

贈給你的，不過舊行囊

每一本書都是盤纏

你腳下詩出去的路，還長

無言

開水煮沸時，聽見痛苦掙扎
而冰凍的過程竟如此安靜

悲傷墜落的深淵
像羽毛般輕

靈歌 截句

獨行

大雨滂沱
淹沒長街燈火

此時只需靜聽
傘下的空曠

讀詩

整本詩集都是夜
劃過天際的千百顆星
尋找自己的落點

終線

我把時間調慢
讓文字足以出走

抵達之後
所有的喊聲一起墜落

日子

趴在昨夜與今晨的界線
你睡了嗎？你醒了嗎？

無止盡的接力，把已沉睡的自己
不斷塞給剛清醒的自己

灣

將一條河折彎

像一隻手臂擱桌上

寫詩

筆尖流出整片海洋

墓誌銘

1

只是累了
收了收腳跟

2

你們要我留下醒世
我卻擁著長眠

3

還沒完全放下
閉關中

4

昨日膨脹
今天縮水

5

生前太多謊言
此後只想真心

6

太多文字斑剝
我是新刻一則

7

隔著棺槨土石
讀你們隱藏的真心

8

半夜尋你
我沒有惡意

父親節

1

昔日
陰暗角落的黑白靜物
今天被繪上色彩

2

失憶走失的
今天都該回家

3

生活的光
將風霜的臉，打成明暗面
門外門內的舞臺，各自呈現

4

所有的面具
都刻著家
憤怒以及哭泣
躲進夢裡

5

走到哪裡
都有裡外的拉扯
一條粗繩，逐漸細緻
繃斷之前的一刻

6

伸展臺上，臺步怎麼走
都有跌跤的時刻

從陷阱爬起來，只為了測試
更深更黑的角落

7

如果一盞燈滅了
就不在乎，餘下的路程

從來，不為自己走
不為自己點燈

8

悲傷，只因笑容太僵

快樂，只想找到
痛哭的時刻

9

一個節日，開了閘口
彷彿整年的乾旱都沖走

當我遠行，你可以播種
我會回來與你一起收割

放假了

假日裡，都市的鳥籠全打開
我的腳，被生活的狹縫夾住
飛出去的都是悲哀

只是退休

他不斷磨著

那把鏽蝕斑斑刀口倒捲的菜刀

磨刀石上傷痕累累

他只想做好一頓晚餐

背影

每一次轉身
都是月琴

受縛

綁好鞋帶，路即使遙遠
總得固定後跨步

路是一條繩子，我們都穿入生活的囚室
等著就縛，解送到未知

風箏的傳譯

雲因為無辜而流浪
天空因為憂傷而蔚藍

只是想，因為不響

沒有爆燃的煙火

在人群散盡後也想回家

回到紙筒，回到礦物⋯⋯

⋯⋯回到滿天星光的馬路

謝

種花的人
鞋底不斷帶走泥土

春天來了
沒有泥土的花謝了

單一

十字路口過去

是十字路口

過去是……

不再張望的眼睛

呼喚

那些孤單的字，流浪在外
不斷尋找隱藏於屋內的聲音
像一個即將熄燈的人
貼上自己衰頹的影子

奉獻

關燈的人
把自己融入全黑的世界

有沒有

沒有人跡的荒原
一個鏡頭不小心
投影到裡面

獨特

那些規矩的歌詞

插秧在五線譜裡

只有走音

才能唱出自己

回歸

直到今夜
才終於把自己的分岔
收攏

獨白

燈光似刀，縱剖自己
在無人的夜

流出去的水聲，彷彿
往日的歌慢飛

探索

每一次夜深
都能打開一扇隱密的門

你在點燈
我正跨越

相送

有些人走了
而我們的門依舊閉著

忘了多年的話，吞吐喉間
竟也只能緘默，就這樣了吧

我的心

等待

是最美的存在

風鈴

你說經過時來看我，我將留言掛在簷下

東風叮噹成西風，落葉耳語著臺階
每個季節的風都是流言
而我竟等待一片雪花敲響

真相

一隻蛾

發現牠撲火

只為了躲避黑夜追殺

禁令

春天的花園底下
一口被填實封死的井
泥土噤聲

此來

你在花香深處等待
我一路微笑走來
將春天再次湧開

遠近

有人下車，有人繼續前行

再遠的地方，其實也都很近

一塊模糊的站牌等著我們
將彼此閉鎖的心打開

臉書

每一本臉書
是風箏，也是漂流木

線頭在你手中
也在上游

愕

生活懸絲

生命是被操弄的魁儡

換場演出

竟鑼鼓喧天

悖逆

在你漩渦的邊緣反向游走
讓我的過往你的未來離心
所有無法清除的
盡捲入半徑歸零，的渦核

現代愚公

繞了一圈，他才發現
無法撼動分毫的大山
原來只是
海邊一座小小沙雕

號外

飛旋的舞影
滿弦的弓

臺下每一雙著魔的眼
都是靶心

削尖等待渾圓
──致米米《尖削與圓渾之間》隱藏的愛

削尖自己，為了無法畫好妳要的圓
將自己孤獨成一點圓心

禁足，等妳給我救贖
半徑的線

相疊

其實
我留下的影子都是你塗黑的

當我想起
離去

A片

她A走我青春的片段，直到老了
不小心，翻開泛黃的相簿
發現自己怎麼拍，都沒有
情慾再度洶湧的影子

代入

將遠方放牧
白紙上僅餘一筆水草

你留下所有空曠，任我選擇
將自己的想像置入

相逢已然

我們被迫，將彼此擠入單行道
距離自此拉遠

直到
一個失憶的岔路打開柵門

同根

一支箭落地，死亡
一支箭落地，犁土成田

同一把弓，有不同的命

相同的前仆後繼

融合

我的筆乾了，以你的汗傾注

犁開的土，開出的花結出的果
沒有你我
都有你我

曲直

一條直線，背對背揮手

有一天
我們會在曲折婉轉中
重逢

餘緒

鏡頭拉遠的結局

是路的盡頭……

一個背影

正慢慢轉身

釋然

我來看你，因你即將遠行
我們之間隔著千山萬水
如今我跋山而來
你卻將涉水而去

死地

他眼中的海，喑啞的濤聲
被掠奪了潮汐

他轉身，面對黯沉的陸地
不再呼吸

自悼

我們活著
因為堆疊

有一天走了
因為所有堆疊都散了

隱約追悔

熟悉的敲門聲
開了門只見遠去的背影

大霧已散
我卻擦不亮眼睛

隱約迴光

回家路上，救護車關了向晚的門
妳握緊我黑斑的瘦骨

枯枝垂首新芽
猶想著，為妳紮長長的髮辮

忐忑

走向陽光的人
背後跟隨黑暗
回頭尋覓
明暗處回音四起

虛行

動靜皆宜的雙關詞

爭辯埋伏的路

一舉步就是錯誤

而我竟如此堅持

退

掌聲像落花
撲滿他一身

他不語
只微微鞠了躬

解凍

大雪覆蓋一切
寒夜裡所有柴薪紙張都燃盡

忽然想起
還有自己

靜思

潮聲在圍籬之外近了，遠了

圍籬內
一朵花開
一朵花謝

另一種節日

走向黑夜的人，身穿紅衣
將漫天飛雪，燒成一件件禮物

我走向黑夜，只為了背對
壁爐越燒越旺的流言

靈歌截句

動身

烏雲聚攏，在你的髮
暴雨穿行你全身
讓自己成為閃電
踩過的水窪，俱釋放雷鳴

自己

敲門的
不是風不是你
是等待的心跳

忘

詩，是什麼？

寫過幾行
幾個字

塗白的修正液知道

末日

每天，將自己翻頁
數字越翻越多，紙張越來越薄
讀到最後一頁
只剩怔忡

攝影：靈歌

臺灣詩學25週年　截句詩系04　PG1877

靈歌截句

作　　者/靈　歌
責任編輯/徐佑驊
圖文排版/莊皓云
封面設計/楊廣榕

發 行 人/宋政坤
法律顧問/毛國樑　律師
出版發行/秀威資訊科技股份有限公司
　　　　114台北市內湖區瑞光路76巷65號1樓
　　　　電話：+886-2-2796-3638　傳真：+886-2-2796-1377
　　　　http://www.showwe.com.tw
劃撥帳號/19563868　戶名：秀威資訊科技股份有限公司
　　　　讀者服務信箱：service@showwe.com.tw
展售門市/國家書店（松江門市）
　　　　104台北市中山區松江路209號1樓
　　　　電話：+886-2-2518-0207　傳真：+886-2-2518-0778
網路訂購/秀威網路書店：http://www.bodbooks.com.tw
　　　　國家網路書店：http://www.govbooks.com.tw

2017年11月　BOD一版
定價：250元
版權所有　翻印必究
本書如有缺頁、破損或裝訂錯誤，請寄回更換

國家圖書館出版品預行編目

靈歌截句 / 靈歌著. -- 一版. -- 臺北市：秀威
資訊科技, 2017.11
　　面；　公分. -- (截句詩系 ; 4)
　BOD版
　ISBN 978-986-326-475-0(平裝)

851.486   106017367

讀者回函卡

感謝您購買本書，為提升服務品質，請填妥以下資料，將讀者回函卡直接寄回或傳真本公司，收到您的寶貴意見後，我們會收藏記錄及檢討，謝謝！
如您需要了解本公司最新出版書目、購書優惠或企劃活動，歡迎您上網查詢或下載相關資料：http:// www.showwe.com.tw

您購買的書名：＿＿＿＿＿＿＿＿＿＿＿＿＿＿＿＿＿＿＿＿＿＿＿
出生日期：＿＿＿＿＿年＿＿＿＿＿月＿＿＿＿＿日
學歷：□高中 (含) 以下　　□大專　　□研究所 (含) 以上
職業：□製造業　□金融業　□資訊業　□軍警　□傳播業　□自由業
　　　□服務業　□公務員　□教職　　□學生　□家管　□其它＿＿＿
購書地點：□網路書店　□實體書店　□書展　□郵購　□贈閱　□其他
您從何得知本書的消息？
　□網路書店　□實體書店　□網路搜尋　□電子報　□書訊　□雜誌
　□傳播媒體　□親友推薦　□網站推薦　□部落格　□其他＿＿＿＿＿
您對本書的評價：（請填代號　1.非常滿意　2.滿意　3.尚可　4.再改進）
　封面設計＿＿＿　版面編排＿＿＿　內容＿＿＿　文／譯筆＿＿＿　價格＿＿＿
讀完書後您覺得：
　□很有收穫　□有收穫　□收穫不多　□沒收穫

對我們的建議：＿＿＿＿＿＿＿＿＿＿＿＿＿＿＿＿＿＿＿＿＿＿＿

＿＿＿＿＿＿＿＿＿＿＿＿＿＿＿＿＿＿＿＿＿＿＿＿＿＿＿＿＿＿＿

＿＿＿＿＿＿＿＿＿＿＿＿＿＿＿＿＿＿＿＿＿＿＿＿＿＿＿＿＿＿＿

＿＿＿＿＿＿＿＿＿＿＿＿＿＿＿＿＿＿＿＿＿＿＿＿＿＿＿＿＿＿＿

11466
台北市內湖區瑞光路 76 巷 65 號 1 樓

秀威資訊科技股份有限公司　　　收

BOD 數位出版事業部

....

（請沿線對折寄回，謝謝！）

姓　　名：＿＿＿＿＿＿＿＿＿　　年齡：＿＿＿＿　　性別：□女　□男

郵遞區號：□□□□□

地　　址：＿＿＿＿＿＿＿＿＿＿＿＿＿＿＿＿＿＿＿＿＿

聯絡電話：(日) ＿＿＿＿＿＿＿＿＿　(夜) ＿＿＿＿＿＿＿＿＿

E-mail：＿＿＿＿＿＿＿＿＿＿＿＿＿＿＿＿＿＿＿＿